KB136346

구름을 뒤적거려 토마토를 따곤 했지

시와반시 기획시인선 009

구름을 뒤적거려 토마토를 따곤 했지

이 린 시집

 시와반시

| 차 례 |

| 1부 |

거울 詩集

말풍선

뭉게구름과 새털구름 사이
그네를 맬 줄 아는 사람
그때 나는 왜 하필
낭떠러지에 정착했을까
당신과 나 사이엔 언제나
위태위태한 하늘이 있었고
구름을 뒤적거려
토마토를 따곤 했지
주렁주렁 토마토가
공중에 열리기 시작할 무렵
구름밭을 헤매며
갈라지고 썩은 토마토를
골라내기도 했어
한쪽 발은 낭떠러지에
다른 한쪽 발은 바람에
걸쳐 두었지
무서워하지 마!

구름밭 사이로

말풍선이 떠올랐어 사-뿐-

나는 공중 그네에

오를 수 있었어 비로소

당신의 말이

싱싱한 구름이란 걸 알고 나서야

우주거울

한 번도
뒤통수를 본 적 없는 달은
둥근 뒤통수가 제 얼굴이란 걸
아직 모르는 달은
완벽하게 사라지거나
완벽하게 드러나는 것이
꿈이다

어둠 속에서
맨 몸으로 우주를 더듬었을 때
바람은 바람의 말을
구름은 구름의 말을
거울 속에다 남겨 두었다

지워진 몸에서 날마다 빠져나갔을
길,
둥근 길이 흥건한 이 세상 끝

끝없는 어둠을 반사하며
훤히 드러나기 시작하는 얼굴

뒤통수에 잔뜩 고인
강물을 쏟아내며 달이
달을 낳는다
무수히

공중부양

그녀의 몸은 한없이 가볍다

가끔 그녀는 그녀의 육체를 시험 한다
가부좌를 틀고
가장 무거운 머리에서부터
가슴과 팔 다리
손가락 발가락 하나까지도
얼마나 소중한 것들 이었나
무거운 몸의 기억들
머리로는 머리를 지우고
가슴으로 가슴을 지우며
서서히 되돌려준다
그녀가 태어나기 전
그 이전으로.
사라진 그녀가
흔적도 없이 지워진 그녀가
그녀를 이끌기 시작 한다

침잠했던 무게는 마침내
가벼워지고
가벼워지고
가벼워져서
이제 그녀의 정신은 육체를 지탱 한다
누구나 그녀를 볼 수는 있지만
아무도 만질 수는 없다

지금 그녀의 실체는 정신이다.

악몽

아무도 거들떠보지 않는 식탁이 있었다
닥치는 대로 시간을 먹어치우는 식욕
내 눈동자 속에는 마른 풀이 계속 자라고 있다
꿈속을 파고드는 뿌리와
먹다 남은 과일들이 녹슬어 간다
열리지 않는 창문과 딱딱한 노을,
밤새 강물은 말라가고 나무들이
지루한 전쟁놀이를 하고 있다
떠나간 길들은 끝내 돌아오지 않고
무덤 속에서 누군가
밤이 새도록 기도를 한다
선 채로 단 한 발자국도 움직일 수 없는
가위 눌린 꿈. 손을 뻗어
꿈쩍 않는 구름을 걷어내자
하늘이 새파랗게 길을 내놓고 있다
나는 줄곧 눈을 뜨고 있었고
어둠이 꾸는 꿈 아직
끝나지 않은 꿈,

나무거울

구름을 열고 책장을 넘긴다
빗방울로 된 글씨들
달로 흘러들어
달이 된 문장들은
허공에 또렷이 새겨진다
어쩌다 바람에 지워진 기록들은
얼룩으로 남아 있다
거울을 열고 꿈의 뒷면을 닦는다
닦을수록 번지는 잔가지와
엉킨 잎맥들
나무는 지겹도록
길을 내려놓는다
견고한 태엽을 풀며
나이테에서 흘러나오는
노랫소리

오랜 시간
길은 길을 반사 한다

거울, 毒

말을 비추면
어김없이
말을 삼키는

나무,
언어에 중독된
자라지 않는

나무,
허상으로 그득한
비울 줄 모르는

나무,
내장이 바깥으로
툭- 튀어나온

키 작은 나무의 속을 들여다 본다
버리지 않고

자꾸 품는 건
다 毒이다

달에 메스를 대다

물속에 빠진 달을 건져 올린다

달을 수술대 위에 올려놓고
메스를 댄다 내 정신이
정확하게 이등분 된다

샴쌍둥이처럼,
오래 전부터 떨쳐버리고 싶었던
또 하나의 내가 있었고
잘라도 잘라도 잘리지 않는
구름이 있었고 손가락 발가락이
한 덩어리가 된 육체가 있었고
닫혀버린 자궁이 있었다
깜깜하게 지워진 내 한 쪽, 나는
내 어둠을 몰고 어디론가 끝없이 간다
다시 물 속 같기도 하고
다시 수술대 같기도 한

절대의 어둠 속 비로소
나는 나와 똑바로 마주 본다

베인 자국 선명한 반달 거울 속을
도망치듯 빠져 나온다

점묘화

어깨 너머로 강이 흐르고
그가 화폭에 점을 쏟아 붓자
크고 작은 별들이 차례로 쏟아지네
흐르는 점들이 모여 또 하나의 강을 이루네
강은 그의 몸이 되고
이불이 되고 집이 된다네 그의 작품은
점으로 시작해서
점으로 마무리 되는 거대한 우주
우리는 모두 우주의 점으로 태어나
점으로 돌아가는 별의 운명을 타고 났다네
그 점들은 그 별들은
서로 비교하지 않네
여기선 아름답다는 말조차 필요치 않네

질문

어려운 문장을 어렵지 않게 하는 법?

꿈속에서도
용서되지 않는 문장들이 컥, 컥 목구멍에 걸린다

시는 왜
꿈속까지 따라와 자꾸 태클을 거는 걸까?

힘 빼기

두둥~
달을 두드리면
북소리가 날지도 모르지
은은하게 맘 달래는 밤
메타포는 항상 즐거워
더 이상 달에 집착하지 않기
힘 빼면 공중에다
북소리를 매달 수 있을 거야
오늘은 북소리에 집중하자
두둥실
보름날 북소리

무지개 빵

그 때 우리는 배고픔으로
서로 얽혀있었다
처음엔 거꾸로
너를 읽어 내려가며
사이와 사이를 옥죄어가며
사소함에도 충돌하는
배고픔의 거친 돌기
보남파초노주빨
아래에서 위로
위에서 아래로
서로 얽히고설키며
몽글몽글 제자리 찾아가며
시간과 함께 숙성된
너와의 무지개 빵
빨주노초파남보
빵의 현상적이고도
확고한 질서

성형수술

자, 이제부터 정밀한 자로 당신의 얼굴을 재겠습니다 이 부분은 깎아내고 저 부분은 좀더 덧붙이고 여긴 아예 삭뚝 날려야겠군요 라는 의사의 말에 그녀는 집으로 돌아와 첫 번째 가면을 벗어 창밖으로 던진다 감쪽같이 의사의 말대로 얼굴이 손질되었다 이튿날 같은 병원 같은 의사가 그녀를 알아보지 못한다 의사는 좀 더 정밀한 자로 그녀의 얼굴을 잰다 깎고 잘라내고 덧붙이는 위치가 조금 바뀌었다 집으로 돌아온 그녀는 두 번째 가면을 벗어 창밖으로 던진다 병원을 찾을 때마다 눈금이 더 정밀해진 자가 그녀의 얼굴을 재고 또 잰다 의사도 그때마다 조금씩 조금씩 다른 얼굴을 요구한다 그녀는 가면을 벗어 던지고 또 벗어 던졌다 가면은 이제 모두 바닥이 났다 아직도 얼굴에 자신이 없는 그녀가 습관적으로 거울을 본다 텅 빈 거울이 빤히 그녀를 들여다보고 있다 누-구-세-요?

가짜거울

거울 속에선 하모니카소리가 나요 거울이 악기
란 걸 몰랐을 땐 세상이 시시하고 재미없다고 생각
했죠 하나 둘 잇몸에서 유리이빨이 돋아나기 시작
했어요 신기해라 꿈도 유리처럼 투명해지기 시작
했어요 텅 빈 속을 찰랑거리는 음표로 채워 넣어요
음표를 가두어둔다는 것 가능하기나 할까요? 구름
으로 배경을 덧칠해요 달처럼 훤히 속부터 보여준
다는 건 부끄러울 것 같아서요 늘어나는 목주름 따
윈 아무런 관심 없어요 딱딱한 입술과 메마른 동공
자라지 않는 머리카락 모두 가짜예요 거울 속에는
모르는 얼굴이 너무 많아요 저 모르는 얼굴이 진짜
제 얼굴이 될 때까지 뚫어져라 거울만 쳐다봐요 이
젠 하모니카 소릴 들어보실래요? 온몸이 유리처럼
굳고 차가와져요 찰랑찰랑 음표가 목구멍으로 올
라와요 수도 없이

우울증에 대하여

나는 전혀 우울하지 않아요
다만 내 모습이 잘 기억나지 않아 나를 그릴 수가
없군요
이유도 없이 일곱 살 때부터 나는
나를 조금씩 지우는 연습을 해야 했어요
거울 속에서 점점 작아져가는 나를
고통스럽게 지켜봐야 했지요
가해자는 언제나 나였지만
아무에게도 말 할 수가 없었죠
친구들도 공모를 해서 나를 자꾸
거울 구석으로 몰아넣고 크레파스로
새까맣게 덧칠 해대곤 했답니다
이대로 영영 내가 떠오르지 않으면
어떻게 해요?
거울 속에서 내가 죽고 싶다고 말하는 걸
수없이 외면해야만 했지요 나는,
나무처럼 푸르게 살고 싶었어요

나무는 울지 않아요 나무를 그리고 싶어졌어요
나무는 우울이 뭔지도 몰라요
내 마음을 부탁해요! 선생님

찢어진 거울

아무래도 이 거울은 꽤 심각하다
얼굴과 몸통을 마구 비틀며
거대하게 일렁이는 거울
양쪽으로 갈라진 수많은 인파가
거울 속에 갇혀 심하게 일렁인다
얼굴은 얼굴대로 몸통은 몸통대로
손에 들고 있던 태극기가 견디다 못해 거울을 탈
출한다
손에 들고 있던 촛불이 견디다 못해 거울을 탈출
한다
찢어진 거울 속에 단단히 갇힌 사람들
煽動과 信念이 마구 비틀어져 일렁인다
사태는 꽤 심각한데 왜 우스꽝스럽지?
허상이 아니어서 더욱 부끄러운 거울,
두 개로 찢어진 거울*

* Zer der spiegel

| 2부 |

길, 마라토너

새 1

지상의 길 하나씩 지운다

사라진 길 위에서 난,

날 수 있다

푸른 나비

짧은 꿈을 꾸고 새벽에 하늘을 본다
꿈을 살짝 비켜간 자리에 물 흐르는 소리
어둠을 몰고 떠나가는 별의 모서리가 촉촉하다
아직은 네 날개에 빛이 스며들기 전,
서둘러 시간을 열지 않아도 된다
오래 전, 나는 이미 내 날개를 뜯어
너에게 건네주었다 날개가 뜯긴 자리
바람이 모여들고 자꾸 꽃이 핀다
꽃이 피고 땅이 흔들릴 때마다
몸을 찢고 엷은 꿈들이 빠져 나간다
바람 속에서 나비는,
조용히 꽃들과 작별하는 방법을 안다
길이 사라진 그 아득한 곳을 탈출해
아슬아슬하게 우주의 틈을 만드는 푸른 나비,

구해줘! 홈즈
— 빛의 집

빛으로 된 계단을 지나 초록 언덕을 오르면 마을
은 점점 멀어진다
길의 끝 지점 빛으로 설계된 집,
빛의 단추를 누르자 새들이 재잘거리며 창가로
모여 들고
빛으로 단장한 정원과 울타리는 이슬과 바람을
불러 모은다
아! 이 집 왠지 낯익다
화관을 쓴 아이들이 자유롭게 벽을 넘나들며 숨
바꼭질을 하고
어른들은 뚝딱뚝딱 빛의 집을 빛으로 완성한다
마당 한쪽에는 떠나갔던 오랜 꽃들이 다시 돌아와
제자리를 잡아 간다 채송화 봉숭아 새끼줄 나팔
꽃…
얼마만큼의 먼 길을 돌아 왔는지 모르겠지만
익숙한 집이 있던 그 자리, 빛으로 된 계단을 지나
초록 언덕을 오르면 거기 내가 오래 찾던 빛의
집이 있다

나무는 나에게 길을 묻고

길은 나무를 돌아 나온다
아직은 아무것도 멈출 수 없어
그러나 서두르지 말 것
바람의 템포는 늘 자유로웠지
몽환적 풍경이 랩을 흥얼거린다
선 채로 음악을 배워보자
레가토로 떨어지는 오렌지빛 시간들
달리는 자동차 꽁무니 뒤로
마구 흩어지는 낙엽
그래서 길은 어디에나 있는 것
흔들리는 육십 한 번째 가을
나무는 나에게 길을 묻고
길은 나무를 돌아 나온다

역주행

그 때 나는 가고 있었다는 거
아니 오고 있었는지도 모른다는 거
분명한 건
언제부터인가
달려야 한다는 강박이 생겼다는 거
타고난 길치에
타고난 방향치
나는 날마다 어디로 가야하나
맙소사,
어느 날은 다른 차들이 전부 역주행하고 있었다
는 거
오늘도 나는 어디를 가고 있나
아니면 오고 있나
위험천만한
길 위에서

길, 언어

돌을 쪼개 언어를 빼낸다

딱딱한 노을과 구름을 품고
헐떡이는 돌
마른번개와 흐르지 않는 강을 품고
헐떡이는 돌
일평생 허공을 굴린
돌

천 개의 말이 얼룩이 된
얼룩이 심장이 된
돌의 심장에 새겨진
굳은 얼룩을 빼낸다
길을 찾는다

길, 뒷모습

수영을 하듯 그가
노을 속으로 첨벙 뛰어들었다
출렁이며 지상의 길 하나
사라졌다
단정하게 벗어놓고 떠난
그의 신발은
이제 구름처럼 자유로워졌다
그가 남긴 흔적들을 태우며
끝끝내 타지 않은
그의 언어는
바람결에 묻어둔다 오래
그의 뒷모습을 기억한다

누구나 뒷모습은 길이다

길, 항아리

나는 늘 길 한가운데 서 있었다
이탈은 꿈도 꿀 수 없어
머리맡을 맴돌다 지친
달
항아리 안에는
잘 구워진 길이 있다 절실하거나
절실하지 않거나
그 시간 그 자리
함께 새겨진 나무처럼
늘 질문이나 느낌표를 매달고 서 있다
꿈속에서도 벗어날 수 없었던
둥글고 우아한 일상의 굴레

맨발 산책

稀가 구름을 데리고 내 곁을 떠났다
稀가 수도 없이 서성거렸을 〈잠시〉와 〈영원〉사이
그 사잇〈길〉,
슬픔으로 다져진 구름길 그 길을 언젠가부터 나
도 가끔
산책하게 되었다, 신발도 신지 않은 채
구름을 밟으며 〈잠시〉속에 머물렀던 기억
稀는 가장 확실한 방법으로 이별을 고하고 떠났다
구름 속에 가지런히 남겨진 신발은
질펀한 추억으로 되돌아가는 〈길〉이다
젖은 구름 신발을 거두어 빛 가운데 내어 놓는다
세월은 마르고 비틀어질 때까지 저 신발을 기억
할 것이다
빛바래고 바래 신발이란 흔적이 사라질 때쯤이면
나의 이 맨발산책도 끝이 나겠지

수평선 딜레마

공중을
길게 잡아당긴 거미는
하루 종일 배가 고프다

삼킨 길들을 다 토할 때까지
거미는 아직도
공중곡예 중

정박한 배들은 멀찌기
정지선을 밀어 낸다
멀어서 더 닿고 싶은 곳
수평선, 수평선에 말 걸기,

우리 언제까지 함께 갈 수 있을까?

팽팽한 한쪽 끝을 놓치고
거미는 까마득히 되돌아온 길들을

기억하지 못 한다

수평선에 길 묻지 말 것.

기암절벽

나는 항상
해를 등지고 걸어갔다
더 높고 더 가파른 곳을 찾아
절정을 찾아 욕망의 끄트머리를 찾아

오랜 날들을 버티고 버티다 모두
뿌리치고 이제 막 치솟아 오를 것 같은
바위, 바위의 배경에
저토록 곤히 잠든 하늘이라니!
바람은 언제나 제멋대로 불겠고
나비는 주저 없이 날아갔다

꿈밖으로 한 발만 헛디디면
그대로 실족해버릴
이 황홀한
절망
길의
끝

축구 혹은 출구

아이들이 달을 공처럼 차고 굴리며
신나게 놀다가
하늘골대를 향해 힘차게 슛-을 날린다

하늘그물 속으로
정확하게 날아가 꽂히는 달

절대의 어둠 속
또렷한 빛 구멍 하나
잠시 출렁이는 하늘

공과 구름 들락거리는
비밀 통로

자폐

허공을 향해
쏠려있다
그의 눈동자는
바람을 닮았다

그가 달려가는 곳은
그의 뒤편이다
속도를 내며 달리면 달리수록
결승점에서 점점 멀어져가는…

처음엔 그가
달아나는 것이라 생각했다
세상으로부터
멀리 되도록 멀리

그러나 그는 언제나
출발점으로 다시 되돌아온다

자신이라는 먼 트랙을 돌고 돌아
늘 새로운 기록을 갖고서

그리고 기꺼이 갇힌다
바람이 쾅! 문을 닫는다

딥 블루

길을 훌쩍 벗어나 달이 오래 머문 자리
문이 있다 불에 탄 흔적
만남과 헤어짐으로 얼룩진 문
달은 늘 초연하고 풍경은 낯설고 멀다
정신이 몸을 힘겨워 할 때마다
쓰라림 속으로 스며드는 매끈한 달
외로움만이 외로움을 알아보는 것 같아
애써 외면해보지만 자주 다른 문들을 찾아 나섰
던가
여전히 긴 어둠 속 그 깊고 푸른 길들
물을 간직한 문을 지나 불 탄 흔적조차
말끔히 소실된 어느 지점
문은 어디에도 없다
안과 밖이 일치하는 풍경
눈물색이 짙어지고
맑음이 투명을 푸르게
푸르게 덧칠한다

물 아래를 걸으며

흐르는 달이 부르는 노래 딥딥딥 딥 블루*

* 진청빛

마라토너

반환점을 돌아 길 밖으로 끝없이 달린다
꿈을 통과해야
비로소 보이는
풍경

지친 모든 풍경들을 끌어안고
모두를 용서하며
모두를 위로하는
풍경 요세미티

아, 여기서 그냥 길 잃고 싶어

| 3부 |

식물본성

식물본성

비
비
비
비에 젖어
혼자 생각 한다

순식간에
번개를 삼키는 법에 대해
아무도 모르게
물구나무 서는 법에 대해

바람과 한통속이 되어
눈치 보지 않고
노래하는 법에 대해

비
비

비
비를 맞으며
똑바로 서서
죽을 때까지
골똘하게 생각 한다

사과이야기

이 사과는 구름이다
누가 뭐래도 사과는 구름이다
구름 묘목을 심고
때때로 물주고 가지치고
기도하고 꿈꾸고
드디어 꽃피고 열매 맺었다
그런데 구름이 아니라 사과다

저 구름은 사과다
누가 뭐래도 구름은 사과다
사과 묘목을 심고
때때로 물주고 가지치고
기도하고 꿈꾸고
드디어 꽃 피고 열매 맺었다
그런데 사과가 아니라 구름이다

붉게 영근 사과 한 알

우주의 가을을 건너며
새콤달콤한 구름 한 입
베어 문다

나무

내 머릿속 수 십 만개의 안테나처럼 뻗은 잔가지와

잎이 다 떨어진 떡갈나무 모양의

나무 한 그루

뿌리는 허공에 가지는 달에

항상 걸쳐져 있는데

나무는 애초에 낙타의 생애를 살았으니

사실 이 나무와 낙타는

한 번도 만난 적 없고

떠도는 풍경 간직하고서 그저

구름 아래 쉬어가는 길목이거나

잠시 겹쳐지는 시간의 풍경일 뿐

나　무

나, 無

숲에서

청 단풍잎 작고 뾰족한
손끝을 잡았을 때
쪼르르 어린 시절이
골목길을 달고 뛰어 나온다
그 땐 골목도 온통 숲이었나
술래잡기와 보물찾기로
하루가 저물던 숲
나무를 뒤지면 군데군데
멈춘 시계가 숨어 있었다
나무는 시간을 숨기고
숲은 슬로우로 짙어진다
눈 감으면 더욱 선명한 기억들
좁을 길 여는 통로마다 숲은
푸르고 긴 의자 하나씩
내려놓고 간다

디아스포라

빛의 식구들이 빛으로 된 식탁에 둘러앉아
아침을 먹는다 동산에 올라
산책을 하고 각자 빛의 검을 빼어든다
빛의 자녀들이여 흩어져 때를 기다리라
천둥과 우레를 두려워 마라 험한 골짜기를 찾아
씨앗을 뿌리고 대대손손 빛의 싹을 틔우며
빛으로 된 이 글씨들은 절대 잊지 마라
어둠의 한가운데서 번성하며 약속의 때를 기다
리라

퇴행

그런데 어느 날 어딘가에서
새들이 날개를 접고 음식점을 기웃거려요
멧돼지가 수시로 마을을 습격해요
꽃들은 침묵하고 나무는 종일 잠만 자요
커피숍엔 늙은 고양이들로 붐비고
물고기들이 떼를 지어 산으로 몰려가요
정지한 듯 움직이는 이상한 풍경들

아마도 모두들 제자리를 잃었나 봐요

퓨전요리

요즘 입맛이 변 했습니다
전혀 색다른 걸로 준비해주세요
메뉴판엔 언제나 '맛있는 음식 없음'이라
적혀져있군요 그렇다면
부엉이 발톱에 염소 눈물을 먹을까
개구리 뒷다리에 개미 눈알을 먹을까
고민하지 마세요 어차피 먹는다는 건
내겐 고통을 의미하니까
고통의 살을 뱉어내는 작업이 그저 내 꿈이니까
꽝꽝 얼어붙은 무지개로 요리천국을 장식해요
진물 나는 상처에는 노란 꿈을 비벼 드세요
허기증이나 결핍증엔 따뜻한 영혼을 말아서 드
세요
흥얼흥얼 빈 접시가 노래처럼 흥얼거리네요
죽은 물고기의 눈은 언제쯤 평안해질 까요
번질거리는 식탁을 에워싸고 있는 혓바닥
엎질러진 성급한 꿈들

괜히 비위가 상하고 속이 뒤틀릴 땐
식탁을 말끔히 비워두세요
햇살 한 그릇 바싹 말라버린 한나절
맨드라미와 악어와 꽃잎이
잘 버무려지는 허공,
식탁은 언제나 그득했으므로
식탁은 언제나 비어있었으므로

허기

물속에 식탁을 차려놓고 둘러앉았습니다
물 한 그릇 비우고 나면
다시 물 한 그릇 채워집니다
물잔이 몇 순배 서로 오가면
서서히 물의 취기가 오르고
말이 쏟아져 나오기 시작합니다
말이 가득 담긴 잔을 비우고 나면
말을 가득 다시 채우고
넘치는 말을 마시고
비우고 채우는 동안
부드럽게 물의 가슴이 열립니다
채우기 위해 비우고
비우기 위해 채우는 말의 향연
출렁출렁 말이 희석되는 동안
허기는 다시 시작되고
마시면 마실수록 허기가 지는
그러니까 물속의 식사는

끝없는 허기를 위하여 베풀어지는 향연입니다
오늘은 이 허기를 위하여 우리 모두 건배!

풋과일과 나이프

그는 지금 단순히 눈앞에 놓인 설익은 과일 하나
를 깎으려함이 아닙니다
나이프의 위력에 대해
혹은 달짝지근함에 길들여진 맹목적인 맛의 편
력에 대해
모든 것이 거의 습관적이기도 하겠지만
치밀하기도 하죠

그가 익숙한 솜씨로 풋과일을 깎고 썰고 하는 동안
오른손에 든 나이프의 끝이 느닷없이 부러졌죠
씨껍질로 무장한 풋과일의 단단한 속이
그의 진부한 관습의 머리를 날려버렸습니다
네,네, 위치란 항상 바뀔 수도 있지요
안심하고 돌아서려는 순간,
동강난 나이프가 기어이 내 등을 내리치더군요.
대단하군
역시 나이프의 위력이란

그런데 왜 갑자기 나이프의 끝이 부러졌는지
그는 아직도 모르는 것 같아요
그는 지금도 와그작와그작 습관적으로 풋과일을
씹고 있지요
그의 오른손엔 번쩍이는 새 나이프가,
왼손엔 풋과일 하나가 그대로 얌전하게 쥐어져
있고
탁탁, 제 힘에 못 이겨
풋과일 속 단단한 씨껍질이 분열하는 소리

에너지 구름

종일 흔들리는 하늘을 품고서
마침내 그는 꽃이 되었다
꽃이 되어 길 한가운데 서 있다
번개와 비명이 스쳐지나가고
떠돌던 노을이 잠시 입술에 물들었던가
갓 태어난 꿈이
뿌려 놓은 말의 씨앗
거역하지 않고 꽃의 시간표대로
꽃이 되어 말을 피운다
오랜 침묵이 분열하는 동안
말의 뿌리를 지나
말의 심장을 지나
해체된 말의 몸통을 지나
그는 핀다 활짝 활짝
길을 피우고 언덕을 피운다
되돌아가는 길이
사라져가는 길 위에서

불화하는 말들*

나부끼듯 들숨 날숨이 된

잎을 열어

바람을 발음해 본다

장차 휘몰아칠 비바람의 언어로

조금씩 구름을 내뿜는다

* 이성복 시인 시론집 인용

아카시나무와 구름

숨쉬기가 벅찬 그녀의 목에 의사는 기어이 구멍
을 내고 고무호스를 끼웠다 가슴에서 그렁거리는
구름을 매시간 뽑아내야한다 맨살을 뚫고 주사바
늘이 지나간 자리마다 꽃이 핀다 구름은 고무호스
를 통과해 유리병 속으로 옮겨지고 마침내 땅 속으
로 버려진다

온몸이 가시인 아카시나무와 구름이 자주 겹치
는 풍경, 병실 밖은 유독 환하다 그녀는 너무 많은
구름을 품고 살았나 벌써 몇 병째 구름을 쏟아내고
도 아직 숨쉬기가 힘든 그녀 가슴을 말갛게 다 비
울 동안 뭉클뭉클 꽃은 피고 또 진다 슬픔보다 더
진한 꽃향기

길 한가운데서 누군가 덜커덩 짐을 내려놓는다
바람만 가득 싣고 천천히 아주 천천히 하늘로 올라
가는 빈 배

오아시스

내 몸 깊숙이
너의 줄기를 밀어 넣어도 좋겠어
정확히 내가 빨아들인 물의 양만큼
너를 꽃 피울 수 있을 테니까

부러지고 꺾어지고 잘려진 영혼들이
비명 한마디 없이
피워내는 色을
피워내는 香氣를
외면할 수는 없어

아프지 않아
내 몸 어디든
너의 상처가 파고들어도 좋겠어
나의 영혼과 너의 영혼이
물속에서 날마다 뒤엉켰으면
더 좋겠어

나는 너의 시들지 않는 이름이 되고 싶었어

초록 물 몸 가득 머금은
내 이름은 오아시스*

캘리그라피

초대 합니다
흐르듯 멈춘 그 곳이 출입문입니다
느낌으로만 숟가락질 할
만찬이 준비 되어있습니다
정갈한 문자와 기호
검은 건반 흰 건반으로
차려진 식탁
자, 이제 시식 해 보실까요

쿵쾅거리며
당신의 가슴을 밟고 들어올
코끼리 두 마리
구름 숲
나무 한 그루

들꽃단상

기다림은 생이고
　　　　외로움은 사치다
하루 온종일
　　　땡볕에서 놀기
심심하면
　　　바람에게
　　　　편지 쓰기

들꽃
　들꽃
　　들꽃들

門
　― 詩集

그녀가 오늘은 목수를 만나러간다
딸 둘에 아들이 하나
가끔 술을 즐기지만
베테랑 목수인 그는
20년째 나무문을 전문으로 만드는
성실한 가장이다
나무문의 견적을 뽑고
창의 크기에 대해 이야기 하며
나무의 색깔에 대해
손잡이의 규격에 대해
또한 나무문의 선택에 대해
의논할 것이지만
그녀는 그의 잘린 손가락에 주목한다
맨질맨질하고 뭉툭한 손가락으로
나뭇결을 다듬어 길을 만들고
바람을 문질러 창을 내는 섬세함
20년째 베테랑 목수는

곧 완성 될 잘 짜여진 나무문에 대해
이야기하고 그녀는
미완의 집 문과 문틀 사이
삐걱거리는 공간과
너덜거리는 소문
대패질할 생애와
문장들을 떠올린다

| 4부 |

랩소디 인 블루

피아노 2

손가락이 종일 파도를 뒤적인다
투명한 물의 음
몸이 마음을 터치한다

내가 알고 있는 최초의 음은 라―였다
솔과 시 사이
기쁨과 슬픔 사이
하늘빛 라―가 있었다
미파와 시도를 이끌고
물 아래로 떠내려 온 구름과 달 사이
중간 음 그 어느 지점에
나는 흔들리는 세상을 올려놓았다
꿈속으로 날아온 나비는 마음을 데리고
수심 깊은 곳까지 날아갔다
물방울 음표가 수시로 풍경을 뒤집었다

새파랗게 헹구어진 바다의 악보

바람이 흩어놓은
모래건반을 쓸어 담는다
라-라는 나비를 찾는다

꿈속으로 파도가 밀려가고 밀려오는 동안,

나비

　나비들은 왜,
　날개 속에다 저토록 영롱한 무늬들을 새겨두는
걸까
　조심조심 날개를 열면
　반짝거리며 우르르 쏟아져 나올 것 같은 사물들

　날개는 피아노
　날개는 거울
　날개는 숲

　날개는 모르는 책
　날개는 흩날리는 길

　모시흰나비는 모시흰나비의 날개로
　번개호랑나비는 번개호랑나비의 날개로

　날개/그 비 선 형 적 춤 사 위

나비 뒤에는 언제나
춤추는 하늘이 뒤 따라간다

빈 악보를 물고 가는 새

아침,
빈 악보 속에다 나는
새를 그려 넣기 시작 한다
맨발로 줄곧
음표 위를 서성이는 새들

–새로 산 피콜로가 고장 났어요

–모자 속에다 신발을 숨겨두는 버릇이 생겼지요

–고장 난 내 악기를 달 속으로 던져버렸어요

–그런데 누군가 내 신발을 가져 갔어요

–눈을 감고 자, 자,
잘 들어봐요. 달 속에서도 노래 소리가 들려요

−이젠 진짜 하늘을 좀 보여 주세요, 제발

바람이 마른 가지를 집요하게 흔들어대던 기억
이아침 귀가 맑아지도록 새소리를 들으며
나는 너를 깨운다 달 속에 얼굴을 파묻고
깊이 잠든 너
내 악보 속에는 지금
단 한 개의 음표도 남아있지 않다
빈 악보만 물고 훌쩍 날아가 버리는
저 새

EXIT

뻐꾸기 울음 속에는 계단이 있다
봄날, 목까지 차올라 우는
저 울음 속에는
붉은 계단이 있다
뻐꾸기 울음 따라
이 산 저 산 넘다보면
뻐꾸기는 없고
뻐꾸기는 없고
뻐꾸기 울음 속에 갇힌 나는
차곡차곡 허공에다
벽돌만 쌓고 있는데,
지난겨울 돌계단에 매달려
잠자던 나비는
달에 닿는 꿈을 꾸었다네
눈을 뜨면 여기저기
녹색 비상등 환하게 켜져 있는데
뻐꾸기 울음 속에 갇힌 나는

빠져나갈 길 없는 나는
심심한 구름이나 유혹해 보는데
봄날, 목울음 차올라 부글부글
계단을 끓어 넘치는 저 울음은
그칠 줄 모르고
그칠 줄 모르고

콘트라베이스

바람을 문질러 봐
추억을 훑어 내리며
소리는 늑골 사이
통증같은 파장을
막 빠져나오고 있었어
맨 살갗을 스치듯
핏자국소리
설핏 들렸던가
손가락이 미처
현에 닿기도 전에
미끄러지듯 옆구리를
파고드는 저 소리
들어볼래?
물과 바람이 낮게 낮게
몸 섞는 소리
맨 손으로 사랑을
주고받는 소리

소리의 부드러운 뼈

바람을 문질러 봐

피아노 1

너의 희고 딱딱한 어깨를 두드리자
툭, 길이 끊힌다
일제히 나비가 날아오른다
녹슨 날갯짓 소리
문득 손끝이 시리다
네 속에
오래된 섬이 있다는 걸 안다
양사방 바다를 불러들여
들끓는 소리들
4월과
폭풍과 우레와 달이
함께 늘 공존하는
팽팽한 네 가슴 속
어쩌다 놓쳐버린
푸른 건반을 더듬어 본다

길, 나무

이 길은
아직 끝나지 않은 노래의 후렴부이다
윙윙윙 도돌이표 안을 서성이는 바람,
어둠이 딱딱하게 고인 숲에서
나는 땅에 붙박힌 채
오래 서 있다
외로움이 머리끝까지 물들고
울긋불긋한 색깔들로
내 안에 가득한 풍경들
제 때 비워내지 못하면
지병에 더 가깝다는 것
시간은 잎을 떨어뜨리고
나무는 긴 기다림을 버린다
서서히 길들이
휘날리기 시작한다
한기에 몸 떨며
댕강댕강 손목 잘린 약속들

길 떠나며 허공이 된 몸
작별은 아름다워라

가을,

허수아비 얼쑤

둥글게 두웅글게 원을 그리며
탈춤을 춘다
바람결 흥타령에 긴 팔 흔들면
휘휘 감기는 들판 허허로운
허수아비 하루

어깨에 남은 한 자락 신명일랑
빈들에다 남겨두고
탈 뒤로 숨어드는 얼굴
주름진 세월을

흔들어 어깨 뿌리친다
덩덩덕 쿵덕 덩기덕 쿵덕

흔들어 흔들어도 지워지지 않는
골 깊은 장단이야
치솟아 뛰어 봐도

멀어지는 하늘,

외쳐보자 얼쑤
한숨으로 얼쑤
하늘 땅 얼쑤얼쑤

가을엔
허수아비 얼쑤

어떤 노래

죽은 가수의 노래를 부르는 저 젊은 가수는
노래를 자꾸만 삼키고 있다
눈물과 침을 섞어가며 삼키는 노래
충혈 된 가수의 목젖에서
새 한 마리 튕겨져 나온다
지친 그대 곁에 머물고 싶지만
떠날 수밖에…*

노래가 모두 끝나고. 사라진다 새가 사라지고
젊은 가수가 사라지고 청중이
사라지고 아무도 없다 무대 뒤에는
죽은 가수만 살아있다
삶과 죽음이 뒤바뀐 뒤에도
기어코 다시 시작되는 노래,
지나간 시간을 들썩이는 건 노래였구나
땀에 젖은 노랫속 환하게 불을 지핀다
아물지 않던 내 상처 부위를 덮고 있던 노래

그 노래는 딱지처럼 상처에서 뚝 떼어져 나와
먼지처럼 반짝이기 시작 한다 허공이
입을 쩍 벌린다

* * 가수 故김광석의 노래가사

음치 클리닉

나의 취미는 노래 부르기,
내 노래를 듣고
모두들 즐거워하지
어릴 적 내 꿈은 유명한 가수가 되는 것
뻐꾹뻐꾹 뻐꾹새와
끝말잇기도 하고
청아한 메아릿길을 따라
뒷산을 다 뒤지며 다니곤 했지
그래서 나는 아직도
내 노래를 멈출 수가 없어
양동이를 뒤집어쓰고
고래고래 소리도 질러보고
허리 굵은 소나무를 붙들고
앞면 뒷면 세월을 뒤집어 가며
발성법도 배웠지만
유독 내 두 귀는 왜
그 높낮이를 모르는지

내 목청은 왜
그 높낮이를 못 찾아가는 건지
우연히 정말로 우연히
나는 내 몸에 내장된 악기를 쑥 뽑아
반대편 나를 향해 냅다 연주하게 되었지
세상에 태어나 처음으로
나의 목소리를 듣게 된 순간
바로 그 순간,
비로소 음치 탈출!
그 영광스런 성공을 예감하게 되었지
이유는 잘 모르겠지만
사람들은 가끔
내 노래를 듣고 즐거워하지

합 창

메아리를 조율 해야겠군
저 뻐꾸기는 발성 연습부터 다시 해야 해

뻐꾹 뻐꾹 뻐－꾹－
울음이 넘쳐서 다시 노래가 될 수 있을까요?
노래가 넘쳐서 다시 울음이 될 수 있을까요?
뻐꾹 뻐꾹 뻐－꾹－

간절한 뻐꾸기가 아까부터 자꾸자꾸 질문하네

이야기 숲, 마을

이야기 숲을 지날 땐 흘려들은 소문들은 다 잊자
킴씨 이씨 박씨 그들이 숲으로 이사 온 이유는
숲이 품은 넉넉한 사연 때문. 나무는 제 잎만큼
팔랑팔랑 수많은 귀를 열고 경청한다 공감하는
나무들 나무는 함부로 말하지 않는다 각자 하루
치 분량의 노동과 하루치 분량의 이야기들로 푸
르게 채색되는 숲 멀리서 보면 오늘도 숲은 숱
한 사연을 품고 짙어져간다

랩소디 인 블루*

숲을 지나 다시 숲숲숲

당신을 위해 이 밤 숲을 차려드릴까요

바람난 포식자의 굶주린 눈알들

처음 이 숲에 들어섰을 땐

피비린내가 왠지 향기롭게 느껴져 줄곧

노래를 불렀지요 블루블루

노래에 중독되어

숲의 의식을 치르는 동안

시인은 줄곧

이 세상에 없는 문자로 노래를 부르고

쏙독새는 부지런히 야자수 씨앗을 옮겨 왔어요

푸른 먹이사슬이 그득한 숲

야자수 잎이 자라고

숲은 거대한 입술을 바람에 숨겨두었지요

숲을 지나 다시 숲숲숲

다시는 되돌아 갈 수 없는 그 숲을 지나

숲이 숲에게 수도 없이

안녕? 안녕!
인사를 하는 동안
야자수 잎이 자라나고
숲을 삼킨 노래들이 자라나고 있어요
꿈보다 거대한 노래들은
귀에 잘 들리지 않죠
숲이 노래를 토해낼 때까지
메아리가 혼자서 길 찾아가는 곳
숲을 지나 다시 숲숲숲

* 조지 거쉰曲, 피아노와 관현악을 위한 심포닉 재즈

#

그의 비스듬한 어깨에서 나사가 하나 툭, 떨어졌다
헐거워진 그가 양지바른 공원 벤치에 앉아
전화를 건다

하얀 종이컵을 입에다 대고 여보세요여보세요
엉킨 햇살을 실처럼 팽팽하게 잡아당기며 하루 종
일 그는 계속 전화를 건다 그가 어딘가로 전화를
거는 동안 그의 목구멍에서 옆구리에서 툭툭툭 나
사가 수도 없이 튀어 나온다 여보세요여보세요 나
사가 튀어나올 때마다 그는 여보세요를 반복 한다
변변히 볕이 들지 않는 반 지하 악기공장 그곳에서
밤낮 없이 일할 때 침침한 형광등 아래서 자주 잃
어버렸던 수많은 나사들, 크고 작은 나사만 박아
온지 20여년, 악기공장이 문을 닫은 후 지금은 그
곳이 비둘기 집으로 변했다는 말도 있지만 그는 까
마득히 그 사실을 모른다 아침에 눈만 뜨면 돌아가
고 싶다가도 또 죽어도 돌아가기 싫은 그 곳.

해가 떨어지고 그가 전화걸기를 그치자 구구구
구―
　　비둘기가 떼지어 다시 모여들기 시작하고

균형잡기

에델바이스 꽃 같은 날
높은음자리표가
귓전에 머문다
창가에서 줄곧
라~를 흥얼거리다가
라~에서 멈춘
내 생의 따분한 음계
더 이상 올라갈 수도
되돌아 갈 수도 없던
따분함이 왠지 편안함으로
바뀌고
이유도 없던 끈질긴 시이소 게임은
이제 끝났다 라~라~라
에델바이스 꽃 같은 날

| 해설 |

무중력 시학의 무늬와 빛깔
— 이린 시의 세계

정 훈(문학평론가)

세계에서 말(언어)을 빼면 아무 것도 남는 게 없
다는 식과 같은 하이데거 류의 존재론이 시사하는
의미를 무시할 수는 없다. 이는 실체의 문제가 아
니라 형이상학적이고 존재론적인 문제다. 말이 없
으면 생각의 내용물도 공허해진다. 그러니까 모든
개념적 지시망이 사라져버려 물컹물컹하거나 불분
명한 형태의 이미지만이 남을 뿐이다. 이렇게 남
은 이미지들의 세계에서 의미란, 이를테면 흔적이
나 미끄러짐이나 혹은 상징적 질서이거나 상관없
이 세계의 내용과 형식을 반영하고 지시하는 시니
피에의 핵을 잃어버리게 된다. 현대시의 흐름 가운
데 하나가 이미지와 상징을 부각하면서 질서 잡힌
미메시스적 형식을 줄곧 거부하는 시 쓰기이다. 이
린의 시집 『구름을 뒤적거려 토마토를 따곤 했지』

도 마찬가지다. 아니, 현대시의 일정한 경향을 들고 와 시인의 시 세계를 조명하는 일부터가 어쩌면 조악한 비평의 실례가 될 수도 있겠다. 말과 세계의 관계에 대한 시적 탐구나 반성이 없는 시인은 없는 줄 안다. 다시 말해 시는 결코 발화된 언어가 세계와 맺는 관계 양상에서 시인이 염두에 두고 있는 그 무엇에 대한 기호이다. 그런데 '시인'이라는 실존적 주체는 말의 형식 뒷면에 그림자처럼 드리운 영상이나 헛것에 지나지 않다는 점 또한 망각해서는 안 된다. 시에서 시인의 실체를 가늠해보는 일만큼 쓸모없는 짓도 없다. 왜냐하면 시인은 시적 주체(화자)로 변모하고, 시적 주체는 말들의 그물을 잣는 시적 구조의 메커니즘에 지배를 받는 허깨비이기 때문이다. 여기에서 형식의 문제가 나온다. 시의 형식은 시인, 아니 시의 화자의 '작품'이 아니라 말들이 지나다녔던 흔적이다. 이 흔적을 더듬다보면 말들이 지그재그로 표현하는 세계의 구조를 확인할 수 있다. 세계의 구조는 현실 세계를 바라보는 시인의 사유 구조가 아니다. 설령 시인의 사유 구조가 시에서 표상한 세계의 사유 구조와 전혀 관계가 없지 않더라도, 시의 세계 구조는 독자적이고 창조적으로 발생한다. 현대시의 구조가 당대 세계 구조를 직접 드러내지 않고 비뚜름하거나 비스듬히, 농락하면서도 아이러니한 어조로 비꼬는 양상을 보일 때조차 자족적이며 자율적인 언어 형식을 인정하지 않을 수 없는 것이다. 이린의 시를 그런 구조로 바라볼 때 이번 시집에 실린 시편들 속의 말들이 오고가며 그리는 시적 사유의 밑그림을 가늠할 수 있다. 다음의 시를 보자.

> 물속에 식탁을 차려놓고 둘러앉았습니다
> 물 한 그릇 비우고 나면
> 다시 물 한 그릇 채워집니다
> 물잔이 몇 순배 서로 오가면
> 서서히 물의 취기가 오르고
> 말이 쏟아져 나오기 시작합니다
> 말이 가득 담긴 잔을 비우고 나면
> 말을 가득 다시 채우고
> 넘치는 말을 마시고
> 비우고 채우는 동안
> 부드럽게 물의 가슴이 열립니다
> 채우기 위해 비우고
> 비우기 위해 채우는 말의 향연
> 출렁출렁 말이 희석되는 동안

허기는 다시 시작되고
마시면 마실수록 허기가 지는
그러니까 물속의 식사는
끝없는 허기를 위하여 베풀어지는 향연입니다
오늘은 이 허기를 위하여 우리 모두 건배!
　　　　—「허기」전문

　「허기」는 '말'로 이루어져 있고, 이 '말'은 또한
말에 대한 메타적인 기호로 놓여 있는 말이다. 말
이 말을 말한다. 말이 말을 말하는 까닭은 바로 허
기 때문이다. 허기는 채워야 하는 빈 공간의 상태
다. 그런데 시의 화자에 따르면 "채우기 위해 비우
고/ 비우기 위해 채우는 말의 향연"이지만 "출렁출
렁 말이 희석되는 동안/ 허기는 다시 시작되고/ 마
시면 마실수록 허기가" 진다. 결국 "끝없는 허기
를 위하여 베풀어지는 향연"의 되풀이다. 이 향연
은 말들의 잔치이지만 잔치의 시발은 물잔이다. 그
리고 물잔은 물속에 차려놓은 식탁 위에 있다. 물
의 메타포를 굳이 상기할 필요는 없다. 단지 물이
말로 변용되고, 끊임없이 반복되는 말의 배설과 흡
입이 위 시의 단단한 구조로 되어 있다. 시의 화자
의 입에서 발화된 말의 허기와, 이 말의 허기를 위

해 잔을 들라는 시의 전언에서 생각해볼 수 있는 점은, 아무튼 말이 허기를 생산하는 원료이지만 질료로써 말이 차지하는 공허하고도 무의미한 상태를 직시하고자 하는 어떤 '눈眼'이다. 눈은 이미지가 담기는 호수이자 그 이미지를 잡아당기는 신체기관이다. 「허기」에서 나열된 물과 말의 배치와 상태 또한 하나의 눈에 포섭되고 눈의 그릇에 담긴다. 하지만 어쩌면 눈 또한 빈하늘의 공간만이 빵빵한, 그래서 마침내 게워내야할 둥그런 물의 잔이 아닐 수 없다. 이 도저한 무기력과 무의미의 향연 앞에서 우리는 어떤 말을 내뱉을 수가 있을까. 시인의 손에, 시인의 손에서 건네받는 언어의 화술을 시의 화자는 마치 물레방아처럼 하염없이 돌리기만 할 뿐이다. 이러한 순환구조에는 의미를 잃어버리고 유희하는 말들의 동선만이 뚜렷하다.

> 그녀가 오늘은 목수를 만나러간다
> 딸 둘에 아들이 하나
> 가끔 술을 즐기지만
> 베테랑 목수인 그는
> 20년째 나무문을 전문으로 만드는
> 성실한 가장이다

나무문의 견적을 뽑고
창의 크기에 대해 이야기 하며
나무의 색깔에 대해
손잡이의 규격에 대해
또한 나무문의 선택에 대해
의논할 것이지만
그녀는 그의 잘린 손가락에 주목한다
맨질맨질하고 뭉툭한 손가락으로
나뭇결을 다듬어 길을 만들고
바람을 문질러 창을 내는 섬세함
20년째 베테랑 목수는
곧 완성 될 잘 짜여진 나무문에 대해
이야기하고 그녀는
미완의 집 문과 문틀 사이
삐걱거리는 공간과
너덜거리는 소문
대패질할 생애와
문장들을 떠올린다
　　　　—「門 – 詩集」 전문

　부유하는 말들의 길을 따라나서면 허기뿐만 아
니라 상쾌함과 가뿐한 풍경 안에 자신이 들어 있음
을 느낀다. 이린의 시는 그렇게, 진중한 사유를 재

촉하지 않고 살랑살랑거리며 사뿐사뿐 걸으라고 속삭이는 듯하다. 이와 관련하여 「門 - 詩集」이 의미심장하게 다가오는 이유는 아마도 시인이 말을 인식하는 단층 하나 심어져 있지는 않을까 생각해서이다. 시집을 문門이라 은유할 수 있다면, 문을 열고 들어가는 일은 시들의 속살과 표정과 빛깔을 매만지는 일과 같다. 만지는 일이고 보는 일이다. 목수가 매만지는 나무문이다. "나뭇결을 다듬어 길을 만들고/ 바람을 문질러 창을 내는 섬세함"을 가득 품은 나무문이 곧 시요 시집인 셈이다. 이렇게 본다면 시는 설계와 구상에 따른 결과가 된다. 이성의 힘을 빌어 말을 가다듬고 체계를 세우는 작업이다. 말이 시가 됨은, 따라서 질서와 플롯이라는 코스모스적 창조가 되는 일과 별반 다르지 않다. 수많은 생각들의 묶음이 말들의 채찍에 정렬되고, 이 정렬된 언어의 형식이 시로 재탄생하는 사실을 어렵지 않게 떠올릴 수 있다. 하지만 어쩌면 시의 화자는 "미완의 집 문과 문틀 사이/ 삐걱거리는 공간과/ 너덜거리는 소문/ 대패질할 생애와/ 문장들을 떠올"리기도 한다. 불완전하며 온갖 추문에 휩싸이기도 하며, 때로는 삶의 연출마저 감당해야 하는

불온한 시도다. 즉 시는, 아니 시집은, 아니 발화
된 말은 결코 이미지와 존재의 원형질을 보존하지
못한다. 이것은 비극인가. 어쩌면 끊임없는 눈물일
수도 있고 시지프스의 노동처럼 끝내 잡을 수 없는
꿈의 깃발을 향해서만 달려갈 뿐인 무용한 실천일
수도 있다. 그렇기에 이는 새로운 환희요 향락이
될 수가 있다. 말의 무덤을 파헤쳐 또 다른 말의 뼈
대들을 움켜쥐고 허공속으로 흩뿌리는 행위가 시
를 형성하는 모든 것이다. 시를 쓰는 일은 말의 뼈
를 들고 공중으로 난 길을 향해 차곡차곡 사다리를
올리는 행위인 것이다. 이린의 시편들은 그러한 허
공속의 길을 헤짚는다.

길은 나무를 돌아 나온다
아직은 아무것도 멈출 수 없어
그러나 서두르지 말 것
바람의 템포는 늘 자유로웠지
몽환적 풍경이 랩을 흥얼거린다
선 채로 음악을 배워보자
레가토로 떨어지는 오렌지빛 시간들
달리는 자동차 꽁무니 뒤로
마구 흩어지는 낙엽

그래서 길은 어디에나 있는 것
흔들리는 육십 한 번째 가을
나무는 나에게 길을 묻고
길은 나무를 돌아 나온다
    — 「나무는 나에게 길을 묻고」 전문

  '길'은 이번 시집에 사용된 주요한 상징들 가운데 하나다. 말의 길이 '시'라고 하는 새로운 말들의 풍경을 만들어내듯이 「나무는 나에게 길을 묻고」에 쓰인 길은 존재의 방향과 목적을 암시하면서 매개하는 수단으로서의 메타포다. 이 길은 언제 멈출지 알 수는 없지만 화자에게는 끝없이 쏟아져 나오는 말만큼이나 언제라도 제 앞에 놓여 있어서 맘껏 걸어 다닐 수 있는 공간이다. 이 길은 바람처럼 자유롭고, 부드럽게 이어져 나오는 음악처럼 리듬이 멈추지 않는 소리의 이정표이기도 하다. "레가토로 떨어지는 오렌지빛 시간들/ 달리는 자동차 꽁무니 뒤로/ 마구 흩어지는 낙엽/ 그래서 길은 어디에나 있는 것"이다. 따라서 삶이란 이정里程이 완성되지 않은 손금이요, 어디로 뻗칠 지 모르는 나뭇가지의 방향인 것이다. "나무는 나에게 길을 묻고/ 길은 나무를 돌아 나"오는 원환적 물음과 유선

流線의 움직임이라면 길은 어떤 길이라도 좋다. 시인은 지금까지 지나온 길의 빛깔을 훔쳐보지 않는다. 왜냐하면 지나온 길이라 할지라도 언제든 재탄생되고 상상적 창조 행위로써 변형되기 십상이기 때문이다. 길은 스스로 제 모습을 지우면서 새로운 몸짓으로 제가 가는 공간 지리의 배경을 채색한다. 이 말랑말랑하면서도 쉽사리 발에 낚아채이지 않는 길의 속성이야말로 말과 시가 횡단하는 도로가 아닐까.

시의 언어에 의미의 경중輕重이 있지는 않다. 왜냐하면 시는 자체로 완결된 의미 구조를 띠기 때문이다. 여기서 말하는 의미는 사상이나 주제가 아니다. 시어 스스로 자율적으로 행하고 체계를 만드는 중에 형성되는 지평이다. 이린의 시는 커다란 그물을 세계에 던져서 포획된 삶의 의미를 제시하는 데 그치지 않고, 이를 다시 부수고 흩뿌려서 의미의 경계마저 허물어지는 지점을 넘보는 듯하다. 그래서인지 존재의 중력을 거부하는 듯한 포즈를 취한다. 공기처럼 가벼우면서도 홀가분하다. 옅은 수묵화에서 큰 자리를 차지하는 여백처럼, 그의 시는 오히려 무한한 허공을 제시하거나 그 공허한 영역을 확장하는 것처럼 보인다. 이번 시집의 빛깔이 그렇다. 시의 말들이 그리는 궤적을 좇으며 발견하는 언어의 흔적에는 어떤 비명이 훑으며 지나간 존재의 결락이 보인다. 마치 커다란 울음이 지나간 곳에 남겨진 고요와 침묵처럼, 덩그러니 펼쳐져 있는 외로운 풍경이 드러난다. 어쩌면 허무라고 할 수도 있겠지만 단순하게 허무보다는 질량이 증발된 존재의 발랄한 고독에 더욱 가까울 것이다. 이 고독은 비로소 세계의 열쇠를 찾은 자의 벅차오르는 단독성에 견줄 수 있다. 사유의 거추장스러운 가지들을 쳐내버리고 남은 인식의 명료성이다.

어깨 너머로 강이 흐르고
그가 화폭에 점을 쏟아 붓자
크고 작은 별들이 차례로 쏟아지네
흐르는 점들이 모여 또 하나의 강을 이루네
강은 그의 몸이 되고
이불이 되고 집이 된다네 그의 작품은
점으로 시작해서
점으로 마무리 되는 거대한 우주
우리는 모두 우주의 점으로 태어나
점으로 돌아가는 별의 운명을 타고 났다네

그 점들은 그 별들은
서로 비교하지 않네
여기선 아름답다는 말조차 필요치 않네
　　―「점묘화」 전문

「점묘화」에서 시인이 묘사하는 점묘법의 그림은
마치 이어지는 듯 끊기는 흔적들이 어우러져 이루
는 강처럼 우주로 화한다. 점은 기하학적 의미에
서 보면 하나의 위치이자 좌표다. 이는 자리다. 차
원 이전의, 차원을 형성하게 하는 일차적이고 전제
가 되는 최소한의 구역이 바로 점이다. 이 점들이
모여서 강줄기가 되고, "점으로 시작해서/ 점으로
마무리 되는 거대한 우주"가 된다. 시인은 "우리는
모두 우주의 점으로 태어나/ 점으로 돌아가는 별의
운명을 타고 났다"고 말한다. 또한 "그 점들은 그
별들을/ 서로 비교하지 않"고 "아름답다는 말조차
필요치 않"다. 점은 어떤 식으로든 분할되지 않는
단단한 단독자이자 개별자와 닮았다. 모든 개별자
들은 서로를 무심히 대하는 듯 보이면서도 결속한
다. 이것이 우주라고 시인은 말한다. 이 우주의 틈
에는 무한대의 허무가 빼곡이 자리 잡고 있다. 어
쩌면 허무 자체가 우주의 테두리를 그리는 동시에

존재를 떠받치는 기둥이라고 말할 수 있다. 분명
시인은 화가의 붓질을 빗대어 우주와 세계를 성찰
한다. 이린의 시에 적용해도 된다. 그의 시는 '말'
이라는 단독적인 기호가 모여 시편의 도도한 물길
을 이룬다. 의미소와 의미소는 서로를 비교하지 않
고 서로를 끌어내리거나 밀어내지 않는다. 다만 점
점이 화폭에 찍어대는 점처럼 흰 종이에 형상화 되
어 있다. 그것은 이미지들의 군집이고 언어의 결집
이고 다양한 표상들의 어울림이다. 그러면서도 어
쩐지 쓸쓸한 느낌을 지울 수 없다. 관념의 잿빛을
다 떨구고서 남은 사유의 바탕에 자리 잡은 시인의
지평은 어디에서 출발하였을까. 다음의 시가 그 단
서 하나쯤 되지는 않을까.

　　아무도 거들떠보지 않는 식탁이 있었다
　　닥치는 대로 시간을 먹어치우는 식욕
　　내 눈동자 속에는 마른 풀이 계속 자라고 있다
　　꿈속을 파고드는 뿌리와
　　먹다 남은 과일들이 녹슬어 간다
　　열리지 않는 창문과 딱딱한 노을,
　　밤새 강물은 말라가고 나무들이
　　지루한 전쟁놀이를 하고 있다

떠나간 길들은 끝내 돌아오지 않고
무덤 속에서 누군가
밤이 새도록 기도를 한다
선 채로 단 한 발자국도 움직일 수 없는
가위 눌린 꿈, 손을 뻗어
꿈쩍 않는 구름을 걷어내자
하늘이 새파랗게 길을 내놓고 있다
나는 줄곧 눈을 뜨고 있었고
어둠이 꾸는 꿈 아직
끝나지 않은 꿈,
　　　—「악몽」 전문

　　실존하는 의식의 주체에게 시간과 공간은 세계
그 자체와도 진배없다. 감각으로 직접 소여하는 이
세계의 물질성과 시간의 범주는 유한성을 지닌 인
간에게는 자연히 불가해한 영역일 수밖에 없다.
「악몽」에서 시의 화자가 몸부림치며 캐묻고자 하
는 것이 시공간의 무한성이다. 이 시의 주된 정동情
動의 요소는 공포다. "선 채로 단 한 발자국도 움직
일 수 없는/ 가위 눌린 꿈"이기에 공포이기도 하지
만, 그보다 더욱 깊은 곳에서 자라나는 공포는 바
로 세계와 감각의 이반된 상태이다. 악몽은 나쁜

꿈이지만 현실 자체가 바로 악몽이다. 시인은 이 세계에서조차 나쁜 꿈속에 허우적댄다고 여긴다. "가위 눌린 꿈, 손을 뻗어/ 꿈쩍 않는 구름을 걷어 내자/ 하늘이 새파랗게 길을 내놓"는다. 마치 의지와는 무관하게 시퍼런 하늘 구멍 속으로 빨려들어 가듯이 이 세계는 유한한 실존의 몸뚱이를 들어 올린다. 현실과 꿈은 서로 상반된 세계 영역이라고 생각하기 쉽다. 그런데 위 시의 맥락에 따르자면 지금 이곳의 차원에 놓인 세계라면, 위 시의 꿈은 현실과 대비되는 점에서는 별 차이가 없지만 이 세계를 유린하고 불온하게 만드는 그 무엇이라는 점에서 부정적인 의미가 강하다. 대낮은 명료한 의식에서조차 느닷없이 환몽에 빠지는 경우가 있다. 가위 눌림의 경우에는 의식이 아주 뚜렷하지만 신체를 제어할 수 없다. 영락없이 '보이는 것들'에 굴복할 수밖에 없는 자아의 굴욕감을 위 시는 보여준다. 여기에서 주체의 의미는 무효화되고 스스로 무너져 내리는 마음의 잔해들만 느낄 뿐이다. 이린의 시가 그래서 한편으로 공허함으로 가득차 있는 듯한 분위기를 자아내는 까닭과도 관련이 있을 것이다. 그 공허함은 무기력과 환멸의 다른 이름이기도

하다. 그런데 이것이 시의 말을 유동적이고 활성화
하게끔 한다.

> 나는 전혀 우울하지 않아요
> 다만 내 모습이 잘 기억나지 않아 나를 그릴 수가
> 없군요
> 이유도 없이 일곱 살 때부터 나는
> 나를 조금씩 지우는 연습을 해야 했어요
> 거울 속에서 점점 작아져가는 나를
> 고통스럽게 지켜봐야 했지요
> 가해자는 언제나 나였지만
> 아무에게도 말 할 수가 없었죠
> 친구들도 공모를 해서 나를 자꾸
> 거울 구석으로 몰아넣고 크레파스로
> 새까맣게 덧칠 해대곤 했답니다
> 이대로 영영 내가 떠오르지 않으면
> 어떻게 해요?
> 거울 속에서 내가 죽고 싶다고 말하는 걸
> 수없이 외면해야만 했지요 나는,
> 나무처럼 푸르게 살고 싶었어요
> 나무를 울지 않아요 나무를 그리고 싶어졌어요
> 나무는 우울이 뭔지도 몰라요
> 내 마음을 부탁해요! 선생님

「우울증에 대하여」가 우울한 소재인 우울증을 다루고 있으면서도 화자의 음성은 재기발랄하다. 우울에 대한 발언에는 우울증을 앓는 자의 비극이 지워져 있다. 다만 증상의 일종이라고 할 수 있는 요소들이 시의 화자의 입을 통해 드러난다. "다만 내 모습이 잘 기억나지 않아 나를 그릴 수가 없"고 "거울 속에서 점점 작아져가는 나를/ 고통스럽게 지켜봐야 했"으며 "친구들도 공모를 해서 나를 자꾸/ 거울 구석으로 몰아넣고 크레파스로/ 새까맣게 덧칠 해대곤 했"다. 외상과 관련한 기억들의 소환에서 뒤틀려버린 화자의 상태는 나무에 대한 갈망으로 자기치유의 길을 발견한다. "나무처럼 푸르게 살고 싶었어요"라 외치는 화자의 내면에는 세계와 불화하는 주체의 반대급부적 심리가 보인다. 누구나 그렇듯이 고통과 상처가 사라지지는 않는다. 기억에 저장되어 있다가 뜻하지 않게 불쑥불쑥 의식에 나타나거나 무의식의 수면 아래 가라앉아 오랜 잠을 취하고 있을 뿐이다. 위 시의 화자의 발화에서 우울증의 일반적인 증상을 유추하는 일만큼

어리석은 일도 없다. 시인은 '우울증'이라는 단단한 세계의 벽을 더듬으며 속엣말을 끄집어낸다. 여기에는 아무런 장애도 벽도 놓여있지 않다. "나무는 우울이 뭔지도 몰라요/ 내 마음을 부탁해요! 선생님"이라고 시를 끝맺을 때는 이미 화자는 알고 있었을 것이다. 언어는 언표행위를 통해서 자신의 세계를 지시한다. 이는 언표행위를 통하여 형성된 세계가 어떤 차원의 세계인지, 그리고 그 세계의 표면을 구르는 발화의 형상이 어떤 형식적 외관을 두르고 횡단하는지 알 수 있게 한다. 위 시는 화자의 내면이 언어를 통하여 형성한 세계구조에 안착하고자 하는 매우 '안정된' 형식으로 이루어져 있다. '우울증에 대하여'라는 시제조차 그런 안정된 담론구조를 암시한다. 왜냐하면 위 시는 말 그대로 '우울증'에 대한 시적 담론이기 때문이다. 우울증에 대한 시적담론이 시 자체로 완결된 형식을 취할 때, 시의 의미구조는 현실세계의 의미구조와는 다른 독자적인 세계체제를 구조화한다. 이를 조심스러 말한다면 일종의 '무중력 시학'이라고 지칭할 수 있을 것이다.

이린의 시는 무중력 시의 전형을 보여준다. 현

실세계의 중력에서 자유롭게 말의 배설을 감행하기 때문이다. 그의 시는 '의미화' 대신 느슨한 말의 밸브를 통한 횡단을 감행하기를 즐겨한다. 따라서 구속이나 억압조차 말의 자유로운 발화를 통해서 한갓 물거품으로 화해버린다. 경쾌한 리듬으로 세계의 표피를 톡톡 건드리며 산책하듯 시편들을 읽다보면 어느새 저도 모르게 흥얼거리게 된다. 그런데 이 경쾌함과 발랄함은 이 세계의 중력장 끝까지 헤엄쳐본 자만이 시늉할 수 있는 포즈일 것이다. 따라서 시편들이 남기는 향취가 더욱 오래도록 은은하지 않겠는가.

2020년 1월 10일 초판 1쇄

지은이 | 이 린
펴낸이 | 강현국
펴낸곳 | 도서출판 시와반시

등록 | 2011년 10월 21일 (제25100-2011-000034호)
주소 | 대구광역시 수성구 지산로 14길 83, 101-2408호
대표전화 | 053)654-0027
팩스 | 053)622-0377
E-mail | khguk92@hanmail.net

ISBN 978-89-8345-065-4 03800